KB102924

동생이 미워진
이 세상의 모든 형들에게
이 책을 바칩니다.

난 내 동생이 싫어 좋아

글 이지성
그림 오유빈

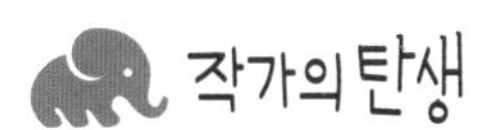

난 내 동생이 싫어

내 동생은 언제나
이상하게 굴고

날 귀찮게 하고

그리고 언젠 동생의 부끄러움이
내 몫이 되기도 하지

그리고 내 비밀을 다른 애한테
말하기도 해

언젠 내 일을 망가뜨리고

그리고 내 동생의 일이
내 일이 되기도 해

언젠가는 내 동생을
팔아 버리고 싶었어

노예로 팔아버리는 것도 좋겠지

아니면 내 노예로 일하게
하는 것도 나쁘지 않겠지?

난 동생이 싫어!

하지만 동생이 좋은 점도 많아

동생이 날 도와줄 수도 있고

동생이 날 어떨 때
구해줄 수도 있어

그리고 동생은 나와
많이 즐겁게 놀고

그리고 애들 중에서 나에 대해
제일 잘 아는 애잖아.

난 동생이 좋아

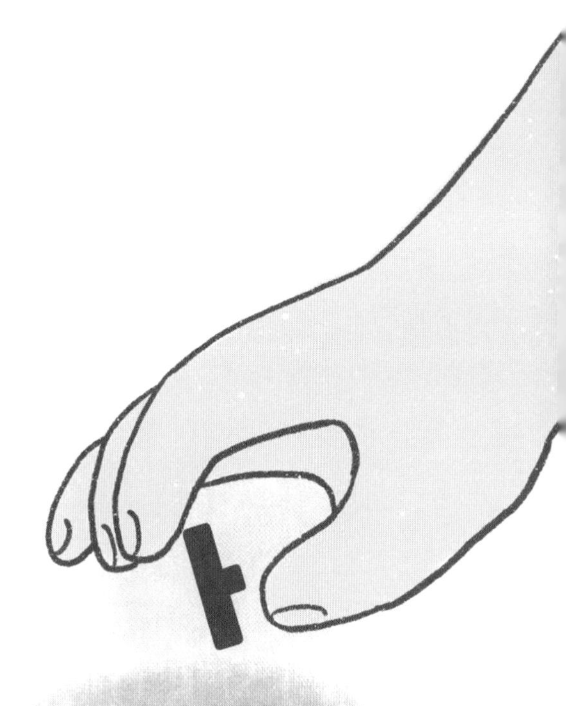

난 동생이 싫 어!

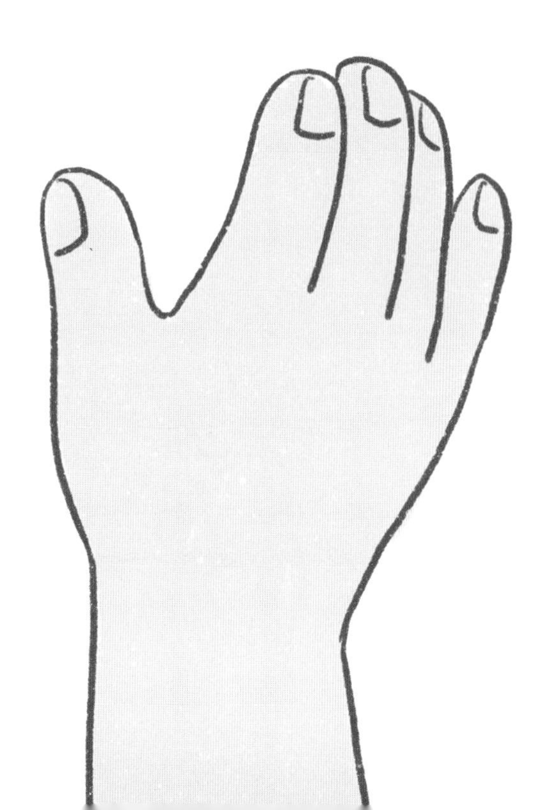

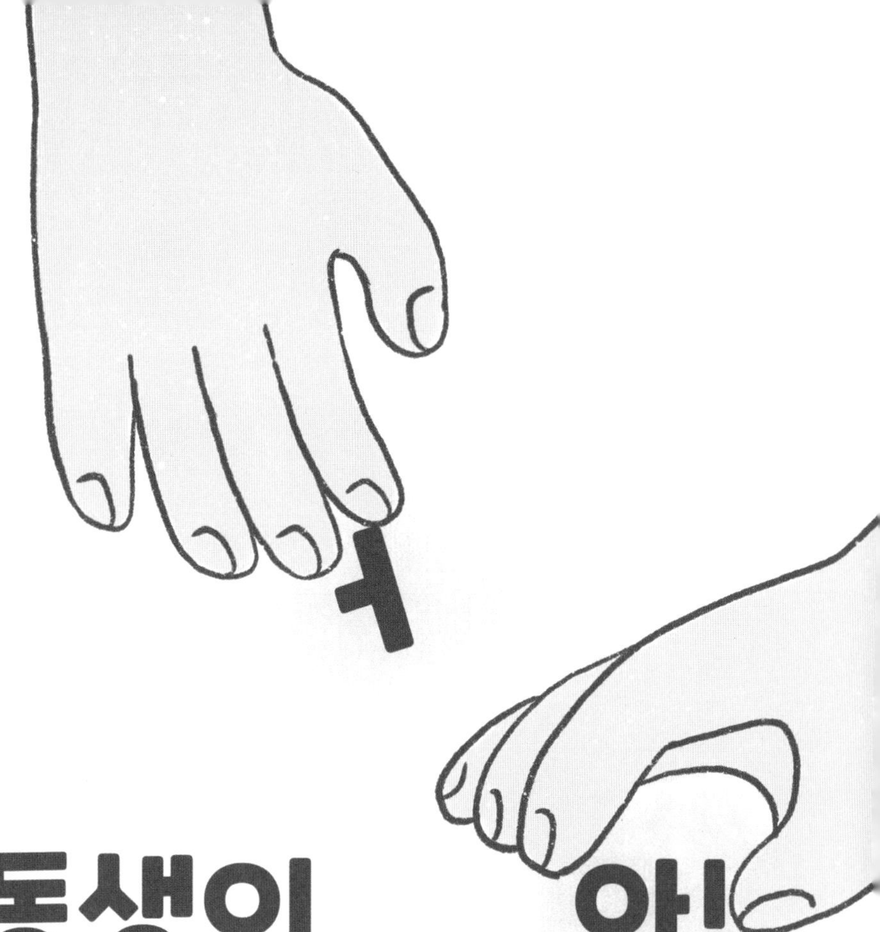

난 동생이

난 동생이 아!

난 동생이

좋

아!

난 동생이 좋아!

난 내 동생이 싫어 좋아

© 2022 글 이지성 그림 오유빈

1판 1쇄 2022년 4월 29일
펴낸이 김용환
디자인 김지은
마케팅 정지윤 전희진
펴낸곳 작가의탄생
주 소 04521 서울특별시 중구 청계천로 40 (다동)
한국콘텐츠진흥원 CKL 1315호 (한국관광공사서울센터 빌딩)

대표전화 1522-3864
전자우편 we@zaktan.com
홈페이지 www.zaktan.com

ISBN 979-11-394-0661-0 73810